ゴルフ場の芝生

石井弥栄子歌集

現代短歌社

序　深く広く豊かな世界

秋山佐和子

石井弥栄子さんが「玉ゆら」の玉川学園文化センターの歌会に出席されたのはいつだったろう。確か私の長年の歌友、五十嵐順子さんからの紹介だった気がする。五十嵐さんはご主人の赴任先のシンガポールの日本人会で、石井さんと短歌を作った仲ということだった。石井さんの初印象は、明朗闊達で歯切れよく何に対しても意欲的でありつつ、人に対しては柔軟で繊細な心配りの出来る大人の女性、であった。オーストラリアを始め海外生活は二十六年に及んだというが、日本語の語彙力、短歌の表現力は我々と同様、いやそれ以上で、教えられることは多々あった。それは八年たった今も変わらない。

石井さんの「玉ゆら」（季刊）への出詠は、二〇〇六年冬号十一号の「富士の裾野ゆく」九首が始まりだ。それから二〇一四年夏号四十五号の現在まで一度の休詠もなく、十五首詠の欄を始め、短歌雑誌や各地の短歌コンクールにも積極的に応募し上位の成績を収めている。その石井さんが満を持して第一歌集『ゴルフ場の芝生』を刊行するのは大いに喜ばしい。

歌集の巻頭は、「シンガポール」の章から始まる。

夫に添ひ三人子とともに移り住むマレー半島南端の国　（獅子の都へ）

夫の海外赴任に三人の子と共に移り住む。妻として母としての心構えが緊張感をもって伝わる歌だ。

ふと開く本に具《つぶさ》に記さるる占領時下の抗日の歴史　（血債の塔）

遠き世に新嘉坡《シンガポール》に生きし人の光と影を読みつぎてをり　（日本人墓地）

からゆきの果てなり　墓は法名なく身の置きどころなきかのやうに　（同）

年ごとの慰霊祭にはせめてもと列に並びて黄菊ささげぬ　（同）

これらの歌には、異国でかつての同胞の成した事ごとに心を動かされた作者の思いが率直にしかも重く表現されている。こうした異国での歴史感が、

画布の中のをとめの視線たどりつつ居るはずもなき画学生追ふ（無言館にて）

の歌に結晶されているのではないか。また、次の動物を歌った作品も見逃せない。

野の鶏の足ふとぶとと歩くたび鋭き爪に大地を摑む　（ほほゑみの国）

象の眼にちらと走るは狡猾と言ふべきほどの知的な光　（同）

タイの国の鶏や象を作者はしっかりと観察し、動態がありありと眼に浮ぶように表現する。特に象の眼の光を「狡猾と言ふべきほど」ととらえる洞察力、把握力はなまなかではない。

石井さんは日本に帰国後、家族とのさまざまな別れを体験しそれらを心をこめて懇ろに歌う。

際立ちし人にはあらぬも誠実に百年生きしさまに礼《ゐや》せり　（桜と雪）

つつがなく花婿の父の役を終へ二月《ふたつき》のちに逝きし義弟　（僧体の甥）

まじり合ふ大河の水と海の汐静かに遺灰引きて行きけり　（同）

しみじみと胸を打つ歌群である。

最後になったが、石井さんの厨の歌を紹介したい。

薬膳スープふつふつ沸きて湯気の立つ暮の厨に力もどりぬ　（暮の厨）

酒塩に軽く煮あげて夫呼べばひよいとつまみて旨しと言ひぬ
（さざえとあさり）

ぴゆうぴゆうと思はぬ方に潮飛ばし浅蜊は水管すつと仕舞へり
（同）

「食」とはつまり「生」であることを薬膳スープや浅蜊の歌が教えてくれる。「酒塩」の夫君との息の合った歌も楽しい。余裕と粋と飄逸味は得難い魅力だ。石井さんは第一歌集刊行を機に、なお一層の覚悟をもって歌い続ける事だろう。それは我々の励みでもある。

この歌集が多くの方の心に届くことを願って、序文としたい。

目次

朝霧の町

ゴルフ場の芝生

生きる

旅

ゴルフ場の芝生

シンガポール

獅子の都へ

夫に添ひ三人子とともに移り住むマレー半島南端の国

子供らに「獅子の都」の名のいはれマレー人オーナー仕方話で

絶え間なく稲妻、落雷する夜ふけリビングに寄り子らは眠らず

建国二十五年意気高らかな国にして槌音絶えずビルの数増ゆ

シンガポールは一九六五年マレーシアより分離独立

マレー半島の句点の如くある国の建国記念日の祝典たけなは

胸張りて集団演舞する子らを大観衆の拍手が包む

民族も宗教も違ふ国民のマジュラシンガプラ斉唱炎天に鳴る

マジュラシンガプラ＝国歌

血債の塔

ふと開く本に具《つぶさ》に記さるる占領時下の抗日の歴史

一九四二年二月十六日～一九四五年九月十二日

空を指す四本《しほん》の柱の抱く甕に数多の遺骨ねむること知る

血債の塔に香華を手向ける人絶えず五十年目の終戦記念日

血債の塔（日本占領時期死難人民紀念碑）中華総商会と遺族により一九六七年二月落成

地元紙の一面に載る日本の村山富市首相献花の場面《シーン》
一九九四年八月（村山首相アジア歴訪）

十一ヶ所の戦争記念碑巡り行く　昭南島を忘るるなかれ
三年半に亘る占領時下、旧日本軍はシンガポールを昭南島と改め、
「昭南新聞」（邦字紙）が発行された

モスクの傍

ゆつくりと日は沈みゆき近き丘のモスクの塔よりアザーン聞こゆ
アザーン＝祈りの時間を告げる肉声の朗詠

コーランを誦する声の神さぶるに打たれつつ過ぐモスクの傍《かたへ》

犠牲祭に捧ぐる羊を屠《ほふ》る男ナイフ研ぎをりモスクの水場
屠殺人・slaughter

唾でさへ日没までは飲み込めぬ断食月の規律厳しき

断食月＝ラマダン

メッカへの巡礼果しし庭師ドラ純白のハジ帽禿頭に載す

ハジ帽＝メッカ巡礼を果した者だけの被れる平たい帽子

デリフランスにＨＡＬＡＬフードが売られ初めいそいそ並ぶムスリム娘

ＨＡＬＡＬフード＝イスラム式に正しく屠られた動物の肉

ドリアンの棘

賑はしく炎天下くる葬の列　軽業、楽隊、泣き女らも

ドリアンの鋭き棘にささるるも南の炎暑おとろへもせぬ

ドリアン売りは器用に鉈を扱ひて味見をせよと果肉取り出す

居酒屋に単身赴任の父たちが日本の童謡黙し聞きをり

反戦のデモの報道見てをりぬ集会禁止の国に住みゐて

イラクの反戦デモのニュース

3K《サンケー》を嫌ふはどこも同じらし出稼ぎ人の列長き空港
日本で一時期流行した3Kとはキツイ・キタナイ・キケンの意

出稼ぎを終へし男ら新品のスニーカー履くまつ白なるを

ピンヒールを履きてメイドら浮き浮きとたまの休みを街に繰り出す

つかの間を片陰に入りぐつすりと die in《ダイイン》思はす工夫《こうふ》の昼寝

外国の言葉に聞かば人ごとならむ領空侵犯の重き意味さへ

シンガポールの守宮

すばしこく動きまはりて小虫捕る壁の守宮はテリトリー持つ

縄張に侵入するは許さぬと聞こゆるほどに鋭《と》き声に鳴く

夜遊びの子を案ずれば壁の守宮ひときは高くギギッと鳴きたり

荒れ狂ひ風雨窓打つモンスーンの夜さりは守宮隠れ出でこぬ

真夜中の厨の壁に交尾する守宮を見つけ写真に収む

卵生の生き物なれば時満ちて七ミリほどの卵一つ産む

うすき殻破り出で来し守宮の子か細き指趾《しし》に吸盤備ふ

その重みそのしなやかさその温みシリコン玩具の蜥蜴にも似て

落つるもあり走るもあれば鳴くもあり南の守宮今日も騒がし

明け方の厨うちまで翡翠の一羽飛びきて守宮捕り去る

セクシーな女神

むせるほど香の焚かるるインド寺に裸足で入りて神々拝む

壁の画も女神の像も屋根の上の牛馬の像もサイケな寺院
風に乗り聞こゆる早口巻き舌のインドの言葉高く朗らに
落葉掃く掃除婦まとふ碧色のサリー捲きあげ微温《ぬる》き風吹く

答満林度《タマリンド》の木陰に涼む女らのサリーに汗の滲み出でをり

隣家の印度の家刀自火の祭り《ディパバリ》を祝ふ粉絵《コラム》を描く朝まだき

米粉で主婦が描く美しい模様のこと。宗教的な意味を持ち、花や幾何学模様が多い

タイプーサムと言ふは苦行の祭事にて苦痛に耐へねば得られぬ願ひ

踏跟と苦行者の列進み来るガバディを担ぐ痛みぞいかに

タイプーサムの日、願いを持つ苦行者は顔、体など全身に鉄製の太く長い串や、カギ状の針を差し通す。そのうえに、ガバディと呼ぶ羽飾りなどのついた20キロもある鉄製の籠を担ぎ、二つの寺院の間の３㎞の道を歩く。家族や友人が声をかけつつ苦行者につき添い励ます。大正時代の日本人街の人たちは〝針まつり〟と言ったようだ

日本人墓地

明治、大正、戦前の日本人街のあけくれを日本人会の史料に学ぶ

遠き世に新嘉坡《シンガポール》に生きし人の光と影を読みつぎてをり

明治より眠る同胞を慈しみ時代をつなぎ守らるる墓

墓碑名を読みつつ行けば意外なり蚊取線香創始者の墓

からゆきの果てなり　墓は法名なく身の置きどころなきかのやうに

年ごとの慰霊祭にはせめてもと列に並びて黄菊ささげぬ

南《みんなみ》の日本人墓地にかかる月疾《と》く冷やしませ熱き墓原

再　見

わが知るはほんの少しの土地言葉それでも仲間となれし嬉しさ

風抜けるリビングの床拭きくるる阿媽《あま》の額に玉の汗うく

戯《じゃ》れかかる犬叱りつけ竹ばうき振りまはす阿媽ゑくぼみせつつ

大夕立やうやくに止むをちこちに毛龍眼《ランブータン》の熟るるを落し

常になく雨降りつづきブキテマの山の辺煙る墨絵のごとく

食欲をかき立てらるる屋台街《ホッカセンター》テオ大臣が麵《ミー》食べてゐる

雷鳴の轟くなかを小走りに避雷針立つビルに逃げ込む

朱と燃える山丹花《イクソラ》の低き垣根より飛び出す猫の瞳も燃えたり

餐庁《レストラン》のざわめき楽し普段着で人々寄りて飲みかつ食《た》ぶ

〝再見《さようなら》〟とあげしグラスにぐらぐらと燃ゆる夕陽が音立てて落つ

門鎖して大家に返す鍵束の重みにつれてきざしくるもの

朝霧の町

富士の裾野

指先にまつはる冷気楽しみつつ富士の裾野のブナ林を行く

紅葉も終りに近き山の気はま昼過ぎればひえびえとせり

神さぶる社の庭の大もみぢ巫女の袴に負けぬくれなゐ

すすき原うねるを見つつ下りゆく風が背中を押すにまかせて

リス真似て奥歯でガリリと噛る実は山の小径で拾ひし椎の実

山道の物売る店に笊いつぱいの椎茸を買ふ乾してみむとて

栗のいが

立葵義母《はは》に見せむと車椅子ゆつくり押して園の庭ゆく

「握っちゃだめよ、見るだけね」と栗の毬を幼返りの義母の掌におく

帰りたいとむづかる義母の声残しバス停までを小走りとなる

噛むことも忘れてしまつた義母のため卓に出さるるどろどろの粥

たひらぎて口をすぼめて義母ねむる強き気性の気配もみせず

夏の雨予報にまさる激しさにかうもり傘の広きに守らる

成り物を背のびして捥ぐ農の妻かぶるバンダナ今朝は秋めく

遠山に桜も見ゆるこの部屋に義母は日ましに老いふかめゆく

青青と育つ稲田を風渡りときをり雲雀の声も聞こえ来

朝霧の町

富士望む町は濃霧につつまれて点灯車輌の列ゆるく行く

霧晴れし山あひの墓地美しくぬれぬれとせる緑に抱かれ

朝霧にたつぷり濡るる木の枝にかかるくもの巣たるみてゐたり

細部までおろそかならず美しきくもの巣がきを霧ぬらしけり

くもの巣をそつと弾けば玉のつゆ陽にきらめきてこぼれてゆけり

思ひしより強きくもの巣落ちてきし小枝受けとむ破れもせずに

秋の蚊

秋の蚊のしたたかなるはその羽音刺されしあとの痒みことさら

見定めてわが脛打てば憎き蚊は無残につぶれ肌にはりつく

経を読む僧ひるがへす袈裟の袖にげては秋の蚊また寄りきたる

頭《づ》を垂れて追善の経を聞きつつも手足はしつこき蚊とたたかへり

昼昏き墓地のやぶ蚊を追ひ払ふ風強まりて卒塔婆音たつ

暮の厨

真裸の木に声悪しき鳥数羽ながき尾振りてゐればかしまし

タンバリン打たず歌はず救世軍佇みてをり社会鍋の辺

缶チューハイ呷《あふ》りし男立ち去りて雑沓に缶は音立て紛る

仕舞屋の腰板古びささくれぬファッションビルへと抜ける裏道

皮硬き冬至かぼちやに刃をあてつつ今年の禍福ふと思ひたり

薬膳スープふつふつ沸きて湯気の立つ暮の厨に力もどりぬ

結句決めかね手元お留守の厨ごと赤く汚れし千六本捨つ

ゴルフ場の芝生

さくら雨

むらさきのひときはしるき虹かかる春にまれなる夕立のあと

春雷は穏やかなりきま昼間を鳴りつつ遠く去りてゆきたり

枝垂れゐる桜の下を鴛鴦が波紋広ぐる称名寺池

象嵌の桜のピンをいますこし衿にとどめむ暮の春まで

さくら雨犬も雨着をきせられて花の並木に連れられてきぬ

九十九髪かがやく伯母と桜見る雨の午後なり傘傾けて

知れ渡る花はさておき見るべきは花の根元のひこばえ一輪

春の空重く黄ばみて狂ほしく疾風《はやち》吹きけり落花捲きあげ

はらはらと残花舞ふさま見てをりぬ五月歌会の部屋の窓越し

初夏の多摩川

代掻きに励む親子の交はす声風に乗りくる五階の窓辺

きらきらと光りつつ水は満ちてゆくマンション群の囲む代田に

さみどりの直線ゑがく稲の間を鴨泳ぎをり五羽が列して

夏めきし日ざし続きて子供らは川の浅瀬に声を弾ます

川岸に風と光と子供らの白き足裏たはむれてをり

釣人らおのもおのもに穴場持つ秘かに釣果競ひてゐるや

足弱の少年ゆつくり母と来てにこにこ顔でピースしくるる

お返しに両手ではつきりピースして連れ添ふ母と微笑みかはす

ゴルフ場の芝生

ふり向けば超高層のビルかすみ万緑の山光り迫り来

急斜面一打、一打と打ち登り最終ホールに夫ら現はる

スプリンクラー描く水の弧残照にキラキラ光り芝生潤ふ

鴉一声鳴くや夕闇せまり来て七会村の灯り見え初む

暮れかかるグリーンに降りゐし蟬時雨闇となりても幽けくつづく

やはらかく起伏つらなるゴルフ場の緑こよなし朝もや消ゆる

ゆらゆらと遠き芝生はかぎろひぬ立秋と聞くはをととひのこと

娘の夫に労はらるるを幸として今を楽しまむ心やすけく

射るとふは彼《か》の眼のことかタイガーウッズ三冠かけて芝目読みゐる

見る毎に後ろ姿の肩辺り風格を見すこの青年は

タイガーウッズの首振り人形真つ白な歯並び見せて棚に笑みをり

まろび来し焦茶の仔犬鼻寄せて吾が靴先をひとしきり嗅ぐ

撫でむとて差し出す指に犬の仔は舌を巻きくる乳吸ふごとく

鳴き交し谷渡りするうぐひすの声ほがらなり山峡の森

闇を泳ぐ鯉

起重機のアーム真すぐに伸ばさるる五月の空に鯉泳がすと

やや強き五月の風に導かれ颯爽と群れは泳ぎはじめぬ

七つまで鯉の数言ふ幼子に父つづけやる三十二まで

たつぷりと風呑み込みて膨るる腹どのやうな夢つまりてゐるや

風を受け夜目にも著き吹き流し矢車廻るさまを想ひぬ

悠悠と夜の静寂を泳ぐ鯉たくましきかな水を離《か》るとも

鯉の胴太きに入りて爽やかな風に吹かるるも楽しからまし

白妙の帯を思はす鯉の腹きん色ぎん色闇に溶け出づ

人のみな眠りに入りし星月夜緋鯉妖しく身をくねらせぬ

生きる

百の賀

抱くには重き花束贈られて深く礼《ゐや》せる百歳の伯母

うからやから集へばをかしその眉にあごにひたひに似たる線見す

寄り合ひしうから互ひに年ふりてにはかにそれとわからぬもをり

百の賀を終へて少しく疲れしと言ひつつ晴着の伯母つやめけり

めいめいにあてて書かれし御禮文の文字の旧《ふる》きは伯母の手なれば

無言館にて

戦没画学生らの絵を見むと塩田平の丘の辺に来つ

素のままに調へらるる館内の明かり少しくおとされてをり

父母うから友垣に宛てしたたむる文のかずかずことにも胸打つ

紙古りし公用電報の文字うすれ戦死の委細よみとりがたき

形見ゆゑか下賜なるゆゑか金一封と文字あるふくろ親おき給ふ

ひたむきなまなざし向くるをとめごは濃きくれなゐの上着はおりぬ

いくへにも深紅の絵の具ぬりかさね少女に着せしジャケットの量感

画布の中のをとめの視線たどりつつ居るはずもなき画学生追ふ

思はずも落ちたる金のイヤリング鋭《と》き音たててころがる静寂《しじま》

無言の持つ力の重さ満つる部屋いできて浴ぶる晩夏の蟬声

チェーンソーの音のあひまに間伐の作業の声す深き森より

悠然とバイク連ねて熟年の一団行けり麦草峠

急カーブ又急カーブと張りつめて田口峠を駆りて行きけり

峠にて車止むればみすずかる信濃の山々はるか陽炎ふ

山風に吹かれ頬張るにぎり飯梅酸しと言ふ夫は火男《ひよつとこ》
ため息重く

夫と入る酒舗は大和生命ビルの地下　破綻のニュースさざめきわたる

常なれば傘をさしても寄り合へるにスモーキングコーナー人気《ひとけ》なき宵

雨のなか今を撮らむと報道クルー獲物を狙ふ眼に並び立つ

集へるは定年退職後の男たち経済の悪化ひとしきり言ふ

酒舗出でて楓落葉の貼りつける広場過ぐるもなにか寂しき

夜に紛るる「鹿鳴館跡」の碑文読み山川捨松の剛毅しのびぬ

おほよそは破綻の話題に終れども酒仙は今宵もほろ酔ひなりし

どことなく肩の辺りの力なくビルも心底おどろきゐるや

煌煌と明りのもるる窓のうち溜息重くたまりゐるらむ

黄金の槍

ふり仰ぐ銀杏の樹々の透き間より蒼く見ゆるは東京の空

車椅子の義弟をさそひ外苑の銀杏並木をそぞろ歩きす

義弟に寄り添ふ甥はタイ生れ公孫樹の黄金《くがね》に目を輝かす

若き日を外苑近くに住まひたる同胞《はらから》なれば思ひひとしほ

それぞれに懐かしむこと余り有り喉を潤ほすことも忘れて

勇壮なる黄金の槍を思はせて並ぶ公孫樹は雄株と聞きぬ

金色の小さき鳥よと掌に受くる岡にはあらず神宮外苑

霜月の風がざわめき吹き寄する銀杏の黄葉つもるを踏まむ

なぜだらうこの並木道歩くたび私は時間に急かされてゐた

絵画館の郁田丹陵の画く「大政奉還」の大きな壁画をもう一度見たい

「地球の出」

文明の粋をまとひて平成のかぐや姫翔く生れし月指し

育める翁媼をともなひてかぐや精緻に月探査せる

「地球の出」なる目覚しき文字躍るかぐや撮りきし画像の見出し

月めでてをりますといふ顔つきの猫を抱きて望月仰ぐ

「見る、見つめる、見極める、そして画く」九十七歳の昆虫画家謂ふ

老画家の絵に向く姿勢知りてより歌つくるときのたしなみとせり

行間を読みとりなさいと師の言ひし静かなる声耳に残りぬ

絹さやのすぢ

缶コーヒー飲みつつおばさん…と肩たたき席が空いたと若者の言ふ

さりげなき心づかひに甘えやう　私も人にやさしくありたい

隣席の少女くすりと笑ひ出づ目はケイタイに落したままで

ページ繰る楽しみのない読書から若きは何を得るのだらうか

行き違ひありて苛立つ厨ごと絹さや豆のすぢ引きちぎる

常なればやさしく引くを豆のすぢちぎれしを見て吾は恥ぢたり

鋸も十四万円の柴犬も並べ売らるるホームセンター

少少のおたやんゆゑかこのチワワ三割引の赤札がつく

おたやん＝かわいくない

思ひがけずも

娘らに夫を託して入院す八月十五日終戦記念日

無影灯あまりに眩しと眼閉づ硬膜外麻酔の処置を受けつつ

大切な器官であるになにゆゑか卑の旁《つくり》持つ臟器除かる

点滴もドレーンも鼻の管も取れ身軽になるを起ちて確かむ

三分粥温きを食めばじんわりと身のすみずみに力湧き出づ

夫の腕にうでをからませもどりきぬ留守番の猫尾を立てて寄る

娘《こ》と居てもとり残されし気のせりと夫は言ひけり思ひがけずも

無造作に見舞と付箋貼られたる枇杷酒《びはしゅ》の届く秋めく朝

旅

深青の海

ぬばたまの闇裂く太き稲光り宮古の海面輝かせ果つ

のり出して覗く浅瀬に海の草ゆらして蟹の横這ふが透く

陽の海も翳りの海もおしなべて藍の色美し東平安名崎《ひがしへんなざき》

深青の海持ち上げてネプチューンの広げ伸ばしたやうな夏空

江戸の世の津浪ののこす奇景なり危ふきさまに立てる大岩

泡盛の盃重ぬれば浮き浮きと身は島唄に添ひてゆきけり

三線《さむしる》の弦ゆるみなく張られゐつ弾けば高く朗らなる音

胴に張る蛇の鱗のなまなましたしかむる指少したぢろぐ

春節の街

チャンギ空港に着陸するや口を衝くシングリッシュは母語に近しも
シンガポール訛りの英語

荷をときて春節近き街に出て支那衿《チャイナカラー》の晴着を買ひ来

主婦たちで賑はふ朝のマーケット豚の頭も変らず売らる

山と積まるる野菜も肉も魚も実も取れたてなるが吾を誘ひぬ

吾がうちのいやしん坊がむくむくと頭《づ》をもたげくる屋台に入るや

これは毒の少ないやつと店の親父言ひつつサソリ一匹を揚ぐ

尾を上ぐる威嚇の姿そのままに素揚げにされしサソリ香ばし

春節の料理作ると主婦達が食材選ぶ眼もと鋭く

迎春の品々並べ市場《バザール》はアメ横に似る熱気帯びをり

獅子舞《ライオンダンス》の囃しの銅鑼の景気良さ春節の街の活気いや増す

小さな旅

かきつばた曲水に添ひ咲きゐるを手話もて愛づる老夫婦をり

声ともなはぬ会話とぎれず老妻は時をり喉《のみど》そらせて笑ふ

ひつそりとすばやく指もて語りつつ足取り軽く初夏の庭ゆく

夫座る茶屋の床几に鳩の来て手に持つ氷菓旨さうに突く

評判のそば味ははむと六十路らが葉桜美しき鎌倉に寄る

皐月波七里ヶ浜の沖に立つを見つつ揺られをり昼の江ノ電

さ丹塗りの鎌倉宮の大鳥居緑雨にぬれて輝けるかも

雨水の滴りてなす鍾乳洞ぬめりを帯びて未知のにほひす

洞窟の階段こはごは下りつつ耳に滴の立つる音聴く

ほほゑみの国

みなもとはチベット高原と聞くメナム川天使の都のま中流るる

天使の都＝バンコク

高層のビル年年《としどし》に建ち並び首都バンコクの空せばめゆく

穏やかにして懐かしきタイの国老いも幼も慈しまるる

通勤の人にならひて忙《せは》しなく箸動かしぬ横丁《ソイ》の屋台店《とこみせ》

雲低き朝の沼地の草を分け出で来し鶏《にはとり》生き生き歩む

野の鶏の足ふとぶとと歩くたび鋭き爪に大地を摑む

昇りくる朝の日を背に煽るごと羽撃く雄鶏群を率ゐつ

火の色の分厚き冠《とさか》もつ鶏の眼光鋭く我たぢろがす

象の芸に見とれてゐれば背後より長き鼻のびバナナ巻きあぐ

象の眼にちらと走るは狡猾と言ふべきほどの知的な光

産み月の母象の腹熱おびて胎児の動き手に伝はりく

渋滞の車列見下ろしのしのしと芸する象と象つかひ行く

タイ正月《ソンクラン》間近き街の陽に焼かれ土地の犬さへ喘ぎをりけり

盤石《バンコク》の黄昏時はまだ暑し大渋滞はぴくりともせぬ

しめ殺しイチジク

垂るるほど気根を伸ばすガジュマルの古木もつとふパワー浴びをり

しめ殺しイチジクの異名持つ樹のすさまじさ絡み付かれて壊されし家

枝垂れ榕樹

斧ふりてバナナ一房伐り落としリャオ氏オイシイヨと日本語で言ふ

熱帯の陽に焼かれつつずつしりと重きバナナの一房を抱く

その一本もぎ取り食めばあたたかく黄金に熟し陽の匂ひ立つ

鈴なりのマンゴーの樹下イグアナの堂堂たるも戯《おど》けた歩行

秒をかさね月下美人の二十五の蕾ひらくを息詰めて待つ

宴のなかばさ庭に出ればゆうらりと木槿ゆれをり酔ひおぶるごと

はぎ、すすきめぐりになくも大王椰子の上に月照る中秋も良き

葬の花

春深むる丘

三日余り喘ぎつづくは痛ましと点滴の一つ止むるを願ふ

枕辺にうち黙しゐる四人《よたり》の子今はの母の呼吸をきかむと

此岸より彼岸へと義母渡りゆく三月二十日、彼岸の中日

春荒れの夕ぐれ近く逝きませり九十四歳に手のとどく義母

密葬の段取りすませ「お清め」と言ひつつ近き居酒屋に入る

それぞれに好みの酒肴あつらへて母のことなど物語りせり

「おばあちゃんは本当に逸話が多かった…」酒ふふみつつ頷きあひぬ

昨夜《よべ》の雨去りて一度に春深むる丘を行きけり野辺のおくりに

二つ三つ薄墨色の骨あるはカトレアの紅紫《べに》の変色なると

桜と雪

額にふるる頬まだ温し口元に笑みさへ見せて臥してゐませり

またひとり命逝かしめ深深と二月二十六日の夜は更けにけり

際立ちし人にはあらぬも誠実に百年生きしさまに礼《ゐや》せり

満百歳と四ヶ月永らふは佳き　子は言葉とぎらす

つい先に逝きし娘とたづさへて黄泉平坂《よもつひらさか》行くを思ひぬ

桜と雪ことにも愛でし伯母の通夜天たまはるか春の雪降る

祭壇にあふるるほどの桜の枝黄泉《よみ》への旅のはなむけならむ

僧体の甥

義弟の突然の死を告ぐる電話甥の妻《ワイフ》の妊るも言ふ

つつがなく花婿の父の役を終へ二月《ふたつき》のちに逝きし義弟

七日余り遺族、友人こもごもに通夜をつなぎて悼みくれたり

喪の家の長子は眉も頭《づ》も剃りて僧体となるはタイの仕来り

すがやかに眉も頭も剃りあげて甥は経読む僧に従ふ

なかなかの美男子なれば清らかに僅《はつ》か艶めく僧体を見す

神妙に父の棺に添ふ甥はだいだい色の僧衣まとひぬ

まじり合ふ大河の水と海の汐静かに遺灰引きて行きけり

迎へ雲描かれたりし壁の画を辿りて至る釈迦の涅槃図

娑羅の花散りぼひ香る僧院の壁画のなかば色褪せてをり

義弟の居らぬバンコクの味気なさお粥談義も弾まぬ屋台

街路樹の鳳凰木に赤赤と花のかがやく雨後のバンコク

生きものがかり

迷子

草かげに背なの光れる青蛙喉ひくひくさせて息せる

手先よりピョンピョン腕に上りくる小さき蛙少し冷たき

無農薬のキャベツを剝くやまるまると肥えし青虫現はれ出づる

子狸が困惑顔に途切れなく車の走る道路見てゐる

巣穴より迷ひし狸か震へつつ糠雨に濡れ立ちすくみをり

傘の柄でちっぽけなお尻つっついて近き林に追ひ込みやりぬ

さざえとあさり

焼きたての栄螺《さざえ》嚙みつつ友どちと昇る初日を待ちし砂浜

無神論者任ずる友が深深と初曙に礼するを見き

掌に重き栄螺四個を買ひ来たり煮て欲しと言ふ厨に居れば

身に触るやギュッと音立てふた閉づる貝の頑固にほんにてこずる

酒塩に軽く煮あげて夫呼べばひよいとつまみて旨しと言ひぬ

殻のうち緑を帯びし珠のごと月の光を受けて耀ふ

ぴゆうぴゆうと思はぬ方に潮飛ばし浅蜊は水管すつと仕舞へり

身のうちの砂の全てを吐き終り朝の厨に浅蜊静まる

人間も浅蜊のやうにすつきりと腹の澱など吐ければ良きに

おしらさま

『おしらさま』読むたび思ふなつかしく蚕農家の友のことなど

ひたすらに万の蚕の桑を食む音絶え間なしざわざわざわと

蚕室の戸障子越しにお蚕の蠢く気配と臭ひもれくる

大食ひの蚕のために子供らも大人にまじり桑の葉を摘む

教室に蚕を飼ふもあはれなりたつた三日で死んでしまへり

心のふるさと

くにたち

春浅き朝の畑に麦踏むと友は鞄を畑道に置く

指合はす輪ほどの蛇が水ぬるむ五月の川をくねりつつ行く

川に沿ふ崖に真白く咲く藤の長き花房水に届けり

霧雨の谷保の田畑は青青と武蔵野台地の裾に広ごる

駅舎より真つすぐ伸びる大学通り並木は四季の彩りを見す

山鳩の声くぐもりて聞こえくる大学寮の庭なつかしも

国立の駅に遥かに真向ふは神楽殿そなふる谷保天満宮

涼やかな天神の森の靄分けて甲虫捕ると木の間めぐりぬ

ふるさとと深く思ひぬこの町を思春期の吾を宥めてくれき

桜守る国立の子の活動を思ひつつくぐる花のトンネル

茂吉に会ひに

泰山木《マグノリア》の香気漂ふ庭過《よ》ぎり「茂吉再生展」の扉《ドア》をくぐりぬ

雪残る山を背景のスナップ写真茂吉は老いの気配滲ます

ソフト帽に長外套の白髭の歌人は左手《ゆんで》にばけつ下げをり

ああこれが極楽ばけつ哀しみとをかしみ少し胸にきざしく

十一歳の茂吉の描く犬とねこ影も緻密に和綴ぢの画帖

生き生きともの言ふごとく迫りくるポートレートのふさ子の美貌

をさな妻と茂吉の詠みし美少女の眉間に勝気あらはなりけり

展示ケースに額押しつけ凝視《みつ》めたり堅く結ばるる死面《デスマスク》の唇

癇癪持ちとふ歌人の素顔思ひをり丸きめがねを死面にかさね

厳粛なる解剖室の拡大写真格子窓より薄日射し入る

粘りこき山形訛に朗詠する茂吉の肉声好もしと聴く

ねんごろに勉強法の例を示し義弟に与ふる筆まめ茂吉

医者にして物書く息子ら病篤き父に添ふ母ありありと書く

いたはしき老耄の中に逝きし人を子は死にたまふ父と記せり

光景

朝のマック

窓近き四人のお爺さんの座席から朗らなる声しきりに聞こゆ

将棋雑誌を真ん中にして元青年思ひ思ひの解釈を言ふ

さまざまに駒の動きを工夫せり朝の八時のマックの老人

小走りでまた一人来るお爺さんダウン脱ぎつつ息弾ませて

隣席の紳士笑みつつ言ひかくるお揃ひでいいですなあ、うちのは来ない

珈琲の安さと旨さと効用を紳士言ひつつお代りに立つ
爺さまはマックに集ひ婆さまは家居を決めて朝寝などせむ

蛍　草

父母の好みたりける零余子《むかご》飯炊きさて子らと墓前に供ふ

小春日の墓所に蜜蜂飛び交ひて供華にたちまち数匹の寄る

思ひ立ち古き菓子屋に急ぎゆく錦玉糖を供へにせむと

夏来れば幼少よりの好みとて錦玉糖を父は欲りけり

きらかな夏菓子見れば遠き日の父母の語らひ思ひ出さるる

母の忌に伯母のたづさふ蛍草花より瑠璃のしづくこぼしつ

若い力

発車間際のバスに乗らむと若者は三段跳びの勢ひに駆く

銀輪を連ねて生徒ら走りゆく白シャツの背に風をはらませ

遅れじと車間を縫ひてゆく彼ら時に信号無視の危ふさ

坂の上の校舎を目指し誰も彼もラストスパートかけて漕ぎゆく

競輪の選手の如く中腰の彼らペダルを懸命に踏む

槌音

数年を放ち置かれし造成地にはかに槌音高く聞こえく

ただ一区買手のつかぬ造成地草丈伸びて廃材積まる

廃材の積まるる上に堂堂と腹干す猫の宇宙はいかに

男の子らが声あげて指す土塊に太き蚯蚓のぬたくりてをり

しやがみこみ食ひ入るやうに男の子らはブルドーザーの動き目に追ふ

土削る音も凄まじブルドーザー前に後ろに動き変へつつ

影もたぬ街

影もたぬ正午の街を都庁舎の展望台に立ちて見下す

手を合はす母娘の前の水子塚夕陽に二つ長く影引き

かま首をもたげ大蛇《をろち》の渡るごとインド洋上の艦間給油管

コンテナ車の列にまじりて暁をスピードあげて東名走る

秋田、石川、青森…行きたき土地のナンバープレート地響き立てて我を抜き去る

ごちそう

へぼきゅうり棘するどきをたっぷりとピクルスにせり夏の陽も込め

ことさらに独活食む音を立ててみる口いっぱいに初夏が広がる

採れたての細き山うど膳にのす飯屋のあるじ無愛想なり

ごりごりととろろ芋擂る鉢の音治療なかばの奥歯にひびく

電線にずらりと並ぶ雀ども囀りやめず稲刈り見やる

稲架《はさ》かけて農夫去る田に雀ども右往左往し落穂ついばむ

円錐に積みしもみがら香《かぐは》しき匂ひ立てつつゆるく焼けをり

こぼれ種きそひ啄《ついば》む小鳥ゐる多摩川べりのぶた草の叢

ま昼間のマンション群に入り来て焼芋売りはテープに呼ばふ

芋売りが釜を開くや薪爆ぜて夜ふけの路に火の粉こぼるる

春へ

小夜ふけて外よりもどる猫抱けばひんやりとせり秋となりたり

寒の夜半を線路点検する人の砂利を踏む音近づき遠のく

床暖房の温度調節する夫を猫が見てゐる霜降の夜半

ぬくぬくとソファーの下にねむる猫ピンクの肉球四つ覗かす

丹頂の吐く息白し霜降の朝の野面に氷張るとふ

穏やかに物言へぬ子と向き合ひて心塞がる深夜のリビング

闇分けて降る雪眺むたつぷりとブランデー入れし紅茶飲みつつ

すんすんと薹の伸びきて雪の朝テーブル飾る菜の花の黄

天地《あめつち》を春のいぶきの包む頃ロシアの凍土ゆつくりと融く

跋

出発——南十字星のもとから

五十嵐順子

チャンギ空港に到着し、空港ビルを出るとむっと押し寄せる湿気と暑さ――そう、それがシンガポールの第一歩です。表向きの街並みや街路樹は美しいけれど、暮らしとなると別の面も見えてきます。日本との暗い関係の時代について考えさせられることもありました。

北緯一度という熱帯の、昼夜を問わぬ暑さもなかなか馴染めないことでした。しだいに読みたい本もなくなり、より良い生き方とか、来し方の反省もなくなり、考えることといったら、今夜何食べる?といった場当たり的なこと。

そんな日々、何とか短歌の回路を取り戻したく、また文学について話し合う仲間がほしく思うようになりました。

そして「シンガポール日本人会」の美しい建物の、冷房の効いた部屋で開くことになった短歌教室で、私は石井弥栄子さんに出会いました。

後に互いに帰国し、石井さんの比較的近くにお住まいの歌人、研究者でもある「玉ゆら」の会代表秋山佐和子さんに石井さんを紹介しました。「玉ゆら」

の会で研鑽を積まれ、ここに歌集『ゴルフ場の芝生』出版の運びとなりましたことに、限りない喜びを感じます。

石井さんといえば、長い間シンガポール日本人会で出している「南十字星」という会誌の名編集長さんなのでした。大使はじめ、現地で事業をされている方や、日本企業の支店への転勤者など、そうそうたるメンバーを相手に、取材し、原稿を取り、イベントの報告や行事予定、現地のしきたりや料理なども満載する楽しい会誌を発行し、多くのスタッフと共に活躍されていました。

二〇〇三年十一月にバンコクで開かれた日本歌人クラブ主催「第四回国際交流日・タイ短歌大会」にシンガポール短歌教室のメンバーとともに参加し、春日井建先生の講演を聞くことができたのもいい思い出です。

その石井さんが実は朝日新聞アジア版「アジア俳壇」の入選常連であることは後に知りました。そのころの入選句です。

落日や空一瞬の縹色
落花あまたしたたかになほ朱を残し
迎へ待つ工夫ら溶かし木下闇
ドリアンの棘に刺されし夏日かな

石井さんは、このように韻文に良いセンスを持ち、自分の考えたことを文字で表現したい、という意欲のある方でしたから、日本の風土と異なる地でものびのびと短歌を作るようになりました。この度の『ゴルフ場の芝生』でも、辛いこともあったけれどやっぱり好きだった、シンガポールでの作品に心魅かれます。

民族も宗教も違ふ国民のマジュラシンガプラ斉唱炎天に鳴る
血債の塔に香華を手向ける人絶えず五十年目の終戦記念日

デリフランスにＨＡＬＡＬフードが売られ初めいそいそ並ぶムスリム娘
ドリアン売りは器用に鉈を扱ひて味見をせよと果肉取り出す
反戦のデモの報道見てをりぬ集会禁止の国に住みゐて
ピンヒールを履きてメイドら浮き浮きとたまの休みを街に繰り出す

どれもいきいきと人々や生活を描写していて、さまざまなことが甦ります。イスラム教、ヒンズー教、仏教その他、記念日や新年がみな違いますから、「きょうはどうして学校お休み?」「あ、どっかのお正月」といった具合。二首めの「日本占領時期死難人民紀念碑」の高い高い塔も歴史を語るものでした。肉売り場に並ぶハラルフード、左手に乗せたドリアンをひょいひょいとまわしながら小型の鉈でたくみに皮を外し実を取り出す町のドリアン売りも懐かしいものです。集会も禁止、レストランで食事をしながら、今の内閣は何を考えているのやら、などと政治的発言をすることもできません。

休日には国外から働きに来ている人たちが街に繰り出し、情報交換をしたり家族に送金したりします。うっかりある商業ビルに入ったら、フィリピン人ばかりだった、などということもあります。

石井さんはまた、実にいい観察の目を持った方であると、このたび再確認しました。

すばしこく動きまはりて小虫捕る壁の守宮はテリトリー持つ

朝霧にたつぷり濡るる木の枝にかかるくもの巣たるみてゐたり

鈴なりのマンゴーの樹下イグアナの堂堂たるも戯《おど》けた歩行

壁やガラス戸の向こう側にいる守宮はかわいいものです。この守宮の連作は抜群。朝の蜘蛛の巣の描写も効いており、マンゴーの実が落ちてくるのを待っているのか、イグアナの様子もユーモラス。公園などで予期せずイグアナに出会うとさすがにびっくりしますが、重そうなからだに短足、一生懸命そうなのが愉快です。

日本に帰られてからの石井さんはお身内のことやご自身のご病気と、いろいろお忙しかったのですが、表現に心魅かれる作品を挙げておきます。

象嵌の桜のピンをいますこし衿にとどめむ暮の春まで

娘の夫に労はらるるを幸として今を楽しまむ心やすけく

山風に吹かれ頬張るにぎり飯梅酸しと言ふ夫は火男《ひょつとこ》

なぜだらうこの並木道歩くたび私は時間に急かされてゐた

娘《こ》と居てもとり残されし気のせりと夫は言ひけり思ひがけずも

雨水の滴りてなす鍾乳洞ぬめりを帯びて未知のにほひす

象の眼にちらと走るは狡猾と言ふべきほどの知的な光

隣席の紳士笑みつつ言ひかくるお揃ひでいいですなあ、うちのは来ない

季節によりアクセサリーを変える、というのも赤道直下ではないことでしたから、「桜のピン」をとどめたい気持ち、わかります。

少し身体に不都合のあるときの身内のいたわりはありがたいもの。「娘の夫」、「夫」の態度や言葉にこたえる表現が、読者の心に響きます。

「並木道」や「鍾乳洞」は、作者の歌の感性を起こしてくれるきっかけ。きっかけに接して、自身を耕す方法も、表現力も石井さんは得られました。もとより対象に迫る好奇心があり、古典的教養もお持ちでしたから、日本的情緒に着地し、世界を拡げられました。

きっと「玉ゆら」の会で秋山さんによき指導を受け、よきお仲間に出会えたから、と私は思います。この度の出版を機に、さらに躍進されることを祈り、信じています。南十字星のもとでお会いしたえにしを深く感じつつ……。

あとがき

『ゴルフ場の芝生』は私の初めての歌集です。

三六九首の多くは季刊歌誌「玉ゆら」から選びましたが、始めの六八首はシンガポールの暮しを詠んだものでまとめました。一九七八年から八四年までをシドニーで、引き続き二〇〇四年までシンガポールで暮しました。どの国も単に懐かしいと言うより故郷に近い国です。バンコクも義弟が四〇年余り暮した街で特別な思いがあり、行く事も多くしばしば歌にしました。

海外にいた間私の頭を去らなかったのは、子供達や自分自身の日本語を等閑にしたくないとの思いでした。ともすれば落着を失いがちな中にあって日本語は心の錘りの役目を持っていました。本も新聞も思うようには手に入らず持って行ったものをくり返し読んだりしていました。幸運なことに八〇年代の後半頃には新聞の国際版の発行が相次ぎ、シンガポールの日本人会には充実した図書館があり夢中で利用しました。もう子供の手も離れ、私は昔から好きだった短歌、俳句を作ってみたいと思い始めました。新聞の投稿欄に習い作ってみました。時制も文体も整わない、ただただ三十一文字におさめただけのものでした。俳句はアジア俳壇（選者・俳人・対馬康子氏）への投稿で学びました。確か、二〇〇二年のことでした。「歌と観照」の五十嵐順子氏が日本人会で「短歌教室」を開かれ早速参加しました。私にとっての短歌の夜明けです。しかし二〇〇四年には二人共帰国になり勉強の機会は終ってしまいましたが、秋山佐和子氏の主宰する結社「玉ゆら」を紹介して頂きました。それ以来ずっと「玉ゆら」で学んでいます。同時にカルチャーセンターや大学の講座でも学び牛山ゆう子氏に教えて頂きました。

「玉ゆら」の月例歌会は先ず古今の名歌、秀歌を鑑賞し、作者の人生を時代と共に味わい、歌をより深く知るのです。

そのあと各自提出の三首の歌評を行います。互に忌憚なく述べあう歌評は大変有難く、楽しく、貴重な時間です。歌評の出揃ったところで秋山代表の穏やかで的確な指導があり、毎回大変得るものが多く、全員が耳を欹てるのです。こうして私は「玉ゆら」や先輩や歌友に育てられてきました。

この四年ほど夫が体調を崩し、例会は休みましたが毎月三首は提出し、丁寧に添削して頂き本当に力づけられました。季刊誌を休詠せずに来られたのも代表をはじめ歌友の皆様の励ましのおかげと感謝するばかりです。

この歌集は「第一回現代短歌社賞」三百首詠への応募がきっかけで刊行できました。三百首をまとめるのは大変でした。その頃には夫の病勢は進み私の時間は細切れで全く落ち着きません。必死で歌を選ぶ私を訝り、何をしているのかと問う夫にコレコレで……と説明しますと弱々しい声で、

「ダイジョウブダヨ……ヤエコハ……スキダカラ」と謎の言葉を残し歩行器に縋ってベッドにもどって行きました。はてなと思ったものの生来脳天気な私

はそれを「大丈夫だよ、頑張れば、弥栄子は短歌が好きだから」と拡大解釈し締切り間際に投函したのです。そのすぐ後の九月に夫は家族に見守られ約束通りに自宅で逝きました。応募した三百首は二次選考に残ったと知り驚きました。その最晩年に謎の言葉で背中を押してくれた夫と、看病でてんてこ舞の私をなにくれと無く助けてくれた家族への感謝をこめて刊行を決心しました。

秋山代表に序文を頂き、五十嵐順子氏には跋文を頂きました。心より感謝申し上げます。

これからも短歌を杖とし友とし進んで行きたいと思っております。

また、現代短歌社の皆様にお世話になりました。厚くお礼申し上げます。

平成二十六年九月

石井弥栄子

歌集　ゴルフ場の芝生

平成26年11月19日　発行

著　者　石 井 弥 栄 子

〒216-0013 川崎市宮前区潮見台8-10-618

発行人　道　具　武　志

印　刷　㈱キャップス

発行所　**現 代 短 歌 社**

〒113-0033 東京都文京区本郷1-35-26

振替口座　00160-5-290969

電　　話　03（5804）7100

定価2500円（本体2315円＋税）

ISBN978-4-86534-063-1 C0092 ¥2315E